漢語拼音真易學

① 單韻母

畢宛嬰／著
李亞娜／繪

新雅文化事業有限公司
www.sunya.com.hk

如何使用《漢語拼音真易學》?

這套書由①《單韻母》、②《聲母》、③《複韻母》、④《整體認讀及特殊音節》和⑤《情景練習冊》組成,請按①、②、③、④的順序學習,循序漸進掌握漢語拼音。全部學會了,就可以打開⑤《情景練習冊》,在不同場景中運用漢語拼音。請多多練習吧!

如何使用新雅點讀筆閱讀《漢語拼音真易學》?

1. 下載本系列的點讀筆檔案

1 瀏覽新雅網頁 (www.sunya.com.hk) 或掃描右邊的QR code 進入 [新雅·點讀樂園]。

2 點選 下載點讀筆檔案 ▶ 。

3 依照下載區的步驟說明,點選及下載《漢語拼音真易學》的點讀筆檔案至電腦,並複製到新雅點讀筆的「BOOKS」資料夾內。

2. 啟動點讀功能

點讀《漢語拼音真易學》:開啟點讀筆後,請點選封面右上角的 [新雅·點讀樂園] 圖示,然後便可以翻開書本,點選書本上的文字,點讀筆便會播放相應的內容。

點讀漢語拼音音節表:本系列附具備點讀功能的音節表海報,如想點讀海報,請先點海報上的 [新雅·點讀樂園] 圖示啟動點讀功能,再點讀海報的文字,便能聽到拼音或漢字的讀音。

什麼是 漢 語 拼 音 ？

　　親愛的小朋友們，你們好！從今天開始，我們一起來學習漢語拼音。拼音是一位很好的朋友，有它的幫助，我們能又快又準地說普通話。 拼音包括聲母、韻母、聲調三個部分，它們組成了普通話中一個字的讀音。

　　聲母是媽媽，在前面；韻母是孩子，在後面。聲調像小帽子一樣戴在孩子的頭上。

聲調

mā

媽

聲母　　　　韻母

單韻母

在這一本書中，我們要學習六個單韻母，它們是：

a

嘴巴大圓

o

嘴巴中圓

e

嘴巴扁扁

i

嘴巴最扁

u

嘴巴小圓

ü

嘴巴小扁

聲調

普通話一共有四個聲調，它們像小帽子一樣戴在字母的頭上。帽子不同，發音也不同。

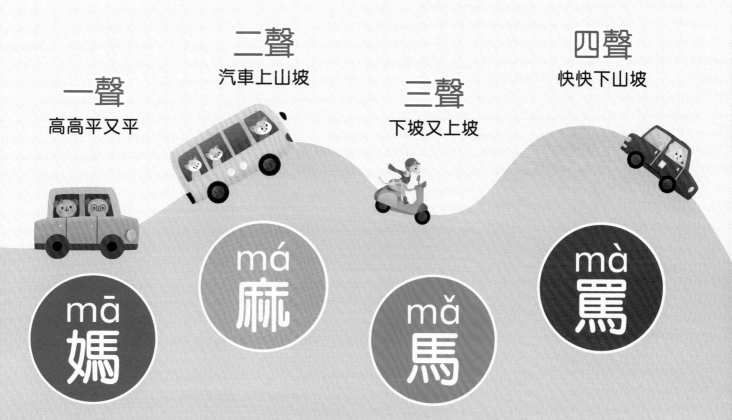

二聲
汽車上山坡

一聲
高高平又平

四聲
快快下山坡

三聲
下坡又上坡

mā
媽

má
麻

mǎ
馬

mà
罵

a

讀一讀

bān mǎ ā yí ài chàng gē
斑馬阿姨愛唱歌，

ā　　ā　　ā
阿、阿、阿，ɑ、ɑ、ɑ。

ɑ 的四聲

ā á ǎ à

按筆順來描一描，學習 a 的寫法吧。

gōng jī qǐ zǎo gāo shēng jiào
公雞起早高聲叫，

ō ō ō
喔、喔、喔，○、○、○。

11

ㄛ的四聲

ㄛ　ㄛ　ㄛ　ㄛ

描一描

按筆順來描一描，學習 O 的寫法吧。

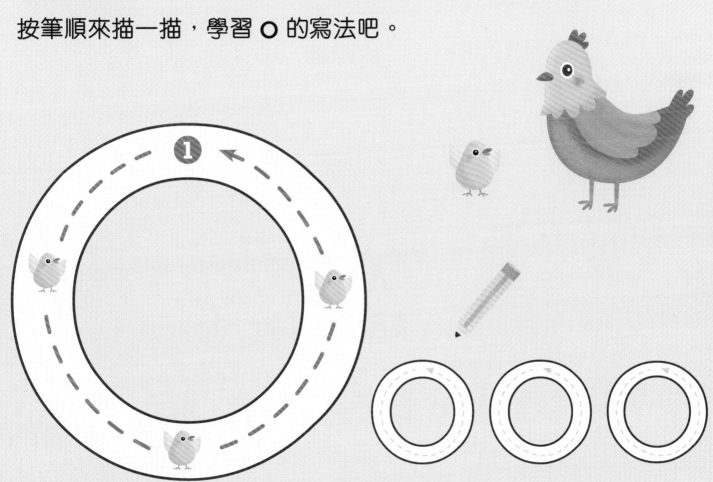

讀一讀

bái é bái é shuǐ zhōng yóu
白鵝白鵝水中游，

é é é
鵝、鵝、鵝，e、e、e。

ē é ě è

描一描

按筆順來描一描,學習 e 的寫法吧。

xiān hè yī shēng zhēn měi lì
仙鶴醫生真美麗，

yī yī yī
醫、醫、醫，ｉˋｉˋｉ。

19

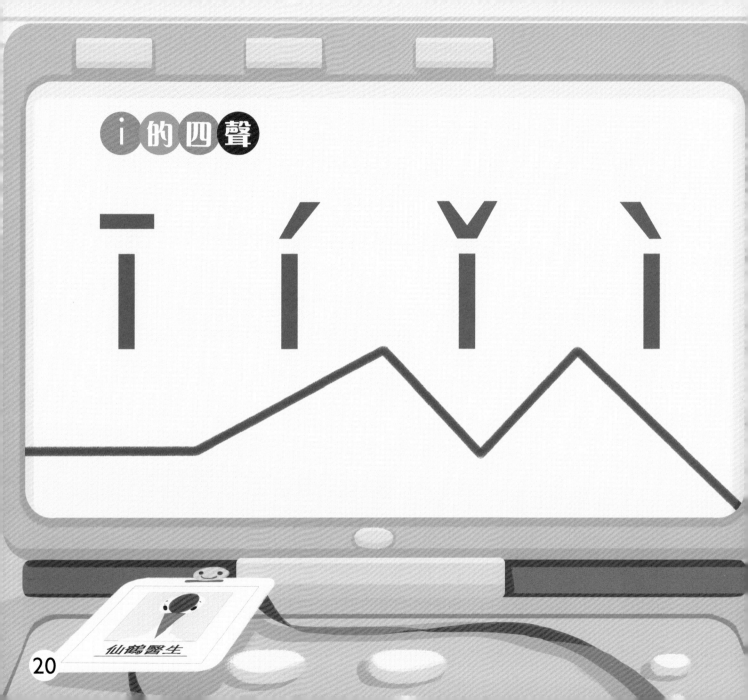

按筆順來描一描，學習 i 的寫法吧。

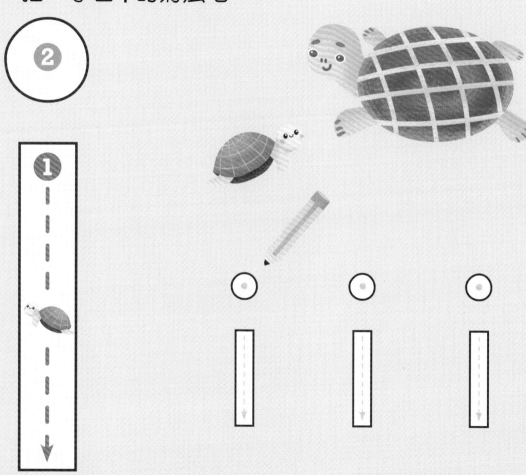

u

讀一讀

shānzhōng yǒu zuò xiǎo máo wū
山中有座小茅屋，

wū　　wū　　wū
屋、屋、屋，u、u、u。

ㄨ ㄨˊ ㄨˇ ㄨˋ

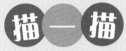

按筆順來描一描，學習 u 的寫法吧。

① ② u uuu

ü

讀一讀

yì　zhī　xiǎo mǎo zài diào yú
一隻小貓在釣魚，

yú　　　yú　　　yú
魚、魚、魚，ü、ü、ü。

27

ü 的四聲

ǖ ǘ ǚ ǜ

按筆順來描一描，學習 ü 的寫法吧。

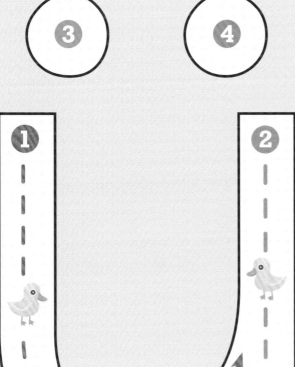

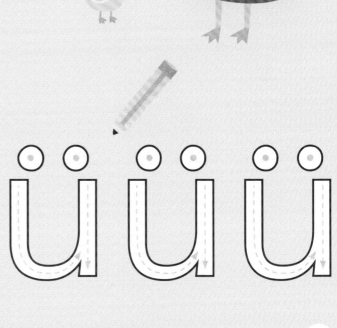

請給下面的小魚塗上顏色。第一聲塗黃色、第二聲塗紅色、第三聲塗綠色、第四聲塗藍色。塗好顏色後，再讀一讀每條魚身上的韻母吧。

30

親愛的小朋友們，漢語拼音是不是很好玩呢？這一冊我們學了單韻母和聲調，了解了什麼是漢語拼音，你們真棒！下一冊我們學聲母，一起加油吧！

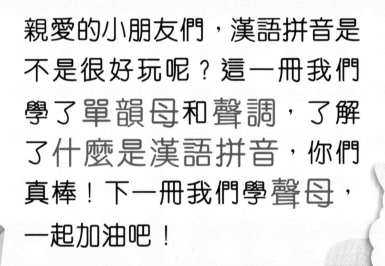